届かなかった想い

高野 不二子
TAKANO Fujiko

文芸社

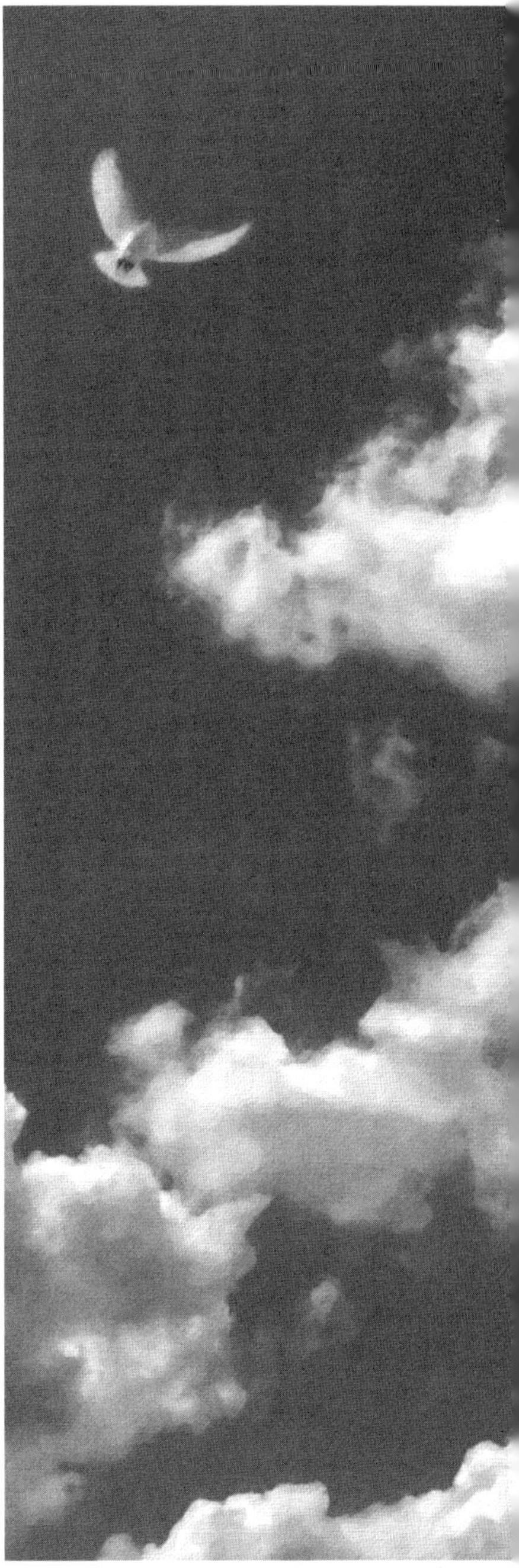

待望の男の子が生まれました。

けれど、二〇二〇グラムの未熟児で、三週間、保育器に入っていました。気になったのは呼吸が速くて肩で息をしていたことでした。

一ヶ月後の小児健診で、医師から「この子、こんなに小さいのに何故保育器に入っていないの？　無茶だよ、もし風邪をひかせたりしたら命取りだよ。それにいつもこんなに呼吸が速くて息遣いも荒いの？」と聞かれ、「はい、生まれた時からですが保育器には三週間入っていました」と答えました。医師は、何やら怪訝な顔で診察すると、「おそらく心臓と肺に何らかの異常があるから大きな病院で診てもらうように」と紹介状を書いてくれました。

紹介された病院は、県立小児総合病院でした。当時の日本では初めての子供専門の病院ということもあり、一般の小児医院では手に負えない難しい病気や珍しい病気等を扱う高度の医療機関であるため、連日、県内外からたくさんの子供達が来院して、いつも混雑していました。

小児医院で診てもらってから五ヶ月後にやっと診療を受けることになり、当日は私よりも先に母が正面玄関入口で待っていてくれました。

院内に入るとすでに外来は多くの子供が診察を待っています。受付をすませた私はあまりの混雑ぶりに、〝さすが名の知れた病院はすごいな〟と周りの様子を眺めながらしばらく待っていると、名前を呼ばれ、診察室へ入りました。

医師に紹介状を渡すと、ひととおり目を通し小さな我が子を診察してはカルテに何事かを書きこんでいましたが、しばらく考えたすえに、「三ヶ月後に精密検査をします。その時は検査入院となりますが、それまでの間、こちらからの連絡を待っているように」と言われたのです。私は診察室を出て、母に「三ヶ月後に精密検査が決まったから、その日にまた来てね」と頼んで病院を出ました。

家に帰って来てからは貴裕の体調を気遣い風邪をひかせないよう気をつけ、何事もなく元気に過ごせていました。

三ヶ月が過ぎ、検査のために入院しました。初めての入院で何かと心細く心配でしたが、病棟の師長さんが親切な方で心くばりもあって安心でした。入院すると、一日おきに二時間の面会時間が設けられ、面会日には多くの親達が病棟入口で待っているような状態でした。

この病棟は乳児南棟と言って乳児ばかりの病棟なので、一日中ベッドの中で過ごしている子供達が面会日には皆それぞれの親に抱かれて大きな声で喜び、病室内はとてもにぎやかになります。私も貴裕を抱き上げると、満面の笑顔で私の顔や耳をさわったり、力強く足を踏んばったり、とても元気でした。

入院から十日後、病棟にも慣れて落ち着いてきた頃、貴裕は検査のために別棟にある循環器病棟へ移ることになりました。ストレッチャーに乗せられ、師長さんにあやされながら外来の前を通りましたが、相変らず親子連れでいっぱいでした。師長さんに、「外来はいつも混雑していてすごいですね。こんなにたくさんの子供さん達が診察を待っているなんて驚きました」と、話をしながら循環器病棟まで一緒に歩きました。

　循環器病棟の入口で待っていた病棟師長に、「タカちゃんです、今日からお世話になりますので、宜しくお願いします」と言って、貴裕を預けました。「ターくん早く帰って来てね。待ってるから」と手をにぎると、私の顔を見て、「お母さん、また病棟で」と笑顔で話してくれました。

　私からも「師長さんお世話になります。明日の面会に来ますので宜しくお願いします」とあいさつしました。「判りました。それではお預りします」と言ってくれたので、ひと安心して病棟を出て家路へと向かいました。

　その後の面会日での貴裕は、すこぶる元気で、いつものようにベッドに立たせると両足を踏んばり、屈伸したり跳ねたり声をあげて喜んでいたので、普段は離れている私も安心していました。

　その数日後の検査当日、早めに病院に着くと、その日も私より先に母が待っていてくれました。話しながら検査室の前まで行くとすでに検査が始まっていました。

〝あれ？　まだ予定時間前なのに、ずいぶん早いな〟と思いながらも検査が終わるのを待っていると、突然、大きな音でドアが開き、ストレッチャーに乗った貴裕が出て来ました。

急いでかけ寄って顔を見た瞬間、目を疑いました。何と、顔一面がむらさき色に変色し、苦しそうに口を開け、あえぐように呼吸をしているではありませんか。

〝何だ、あの顔色は？〟

あっけにとられて立ちすくんでいると、看護師が「無事検査が終わりました。酸素を付けるのでしばらくお待ちください」と、足早に病室に入って行きました。

酸素？　どうしたのだろう？

普通の顔色じゃない。変だ。絶対おかしい。

あの息遣いもいつもと違う。大丈夫なのか？

何でもなければいいが……と歩き回っていると、「大丈夫だよ、医者がやってることだから」と、何も疑わない母が声をかけてきますが、私は「大丈夫じゃないよ。何でもなければ、あんなに苦しそうな呼吸などしない」と、不安をぬぐえませんでした。

それほど、ひと目だけ見た貴裕は別人のようだったのです。

しばらくして看護師から、「お母さんどうぞ」と案内された場所は、ナースステーションからは死角になる病室のいちばん奥のベッドで、思わず、「こんなところで大丈夫なのか？　目が行き届くのか？　ちゃんと見ててくれるのか？」と、とにかく安心できる材料は一つもありませんでした。

酸素テントの中の貴裕はとても苦しそうで、私を見て手を伸ばして泣いています。何とかならないのか？　見るからに厳しい状態なのに、医師も看護師も見に来ません。これでは、検査が終わればほったらかしにされているのと同じだと思いました。患者が心配じゃないのか？　と思ったとたん、無性に腹が立ってきました。

貴裕が受けた検査は肺動脈狭窄と心血管造影で、足の太ももののつけ根の動脈から細い管を心蔵まで通して造影剤を注入し、肺と心臓の血液の流れを調べる検査方法です。この検査は、まだ生後九ヶ月の体では相当負担も大きく、無理だったのではないのか？　と疑問に思いました。

よほど苦しいのでしょう、手足をバタつかせ泣いています。でも、何もしてあげることができません。無力な自分が情けなく、同時に、病院の医療体制にも疑問を感じました。

苦しそうな姿を見ていられず医師を呼ぼうと思っていたら、看護師から「明日面会日なので、また明日来てください」と言われてしまい、こんな状態なのに「帰れ」とは、まったく親の心配など何もわかっていないんだなと呆れて、怒りすらこみ上げてきましたが、仕方なく、いっときでもこの場を離れたくない気持ちを我慢して、後ろ髪を引かれる思いで病室を出ました。

玄関まで来ると、今にも雨が降ってきそうな空模様でした。駅まで歩く気力もなく、タクシーで駅に着くと大粒の雨が大きな音をたてて降ってきました。

〝まるで今の私の気持ちと同じだ〟と思いながら母を見送りました。電車に乗っても貴裕が気になって、茫然と外を見て立って帰りました。

最寄り駅に着いた頃には、ますます雨脚も強くなり、台風のように横なぐりの雨は、まるで〝貴裕が怒っているのか〟と思うほどでした。すると、余計に気になってきて、〝何でもなければいいが〟と、願うような気持ちでタクシー乗り場に並んで、やっと来た車に飛び乗ったのでした。

帰ってくると玄関で電話が鳴っていました。

急いで出ると、「こちら小児総合病院の循環器病棟です。タカちゃんの心臓が止まり、今、先生方が蘇生しています。すぐ来てください！」と言うではありませんか。

「エッ？　何!?」

いきなり頭を殴られたような驚きでした。とんぼ返りで病院へ急ぎましたが、どのように行ったのか、まったく覚えていないのです。ただ、検査後の状態が普通ではなかったので、これ以上の絶望感はありませんでした。

病院に着くや走って病棟に駆け込むと、待っていた看護師に案内された場所は何とICU（集中治療室）でした。おそるおそる中へ入った私は、その光景が目に張り付きました。何と貴裕は人工呼吸器をつけ、顔は倍に腫れ、まったく違った形相をしていたのです。

〝これが貴裕!?　貴裕なのか？〟

まさかこんな姿になるとは思ってもいなかった状況に足がすくんでしまい、全身の震えが止まりませんでした。

人工呼吸器を付けるため、左の鼻の穴には太いチューブが挿入され、ベッドの周りには見たことのないたくさんの医療機器が置かれていました。体には何本も管が付いていて、やっと生えてきた小さな前歯二本も折れているではありませんか。見るからに痛々しいこの状況は、たぶん呼吸器を付ける時に鼻から入れたチューブを気管につなごうと慌てていた医師が、金具を使って無理に口をこじ開けたものだと思えました。

何と惨い、目に余る我が子の姿に愕然として、ＩＣＵを出て廊下の椅子に座り込んでしまいました。

〝何故こんなことになったのか？〟

検査後一時間しかたっていないのに、どういうことなんだ？　うつむいた時に、自分の足先が目に留まって、そこで初めてサンダル履きで来ていたことに気が付いたのでした。

それからの日々は絶望の毎日で、ＩＣＵへの入室は、ほんの五分しか許されなくて不満でしたが、それでもここでは最も重症で命にかかわる患者一人ひとりが厳しく管理されていることと、看護師の目が行き届いていることは確かでした。

私はＹ医師を呼んでもらいました。しばらくしてやって来たＹ医師に詰め寄りました。

「先生、どうしてこんなことになったのですか？　説明してください。検査後しっかり管理されていれば、こんなに悲惨な状態にはならなかったと思います。検査後の貴裕はとても苦しそうで見ていられず、先生を呼ぼうと思っていたら看護師から『明日面会日なので、また明日来てください』と言われて仕方なく帰りましたが、その後、看護師が見に来た時はすでに心臓が止まっていたんですよね？　だから慌てて蘇生したのですよね？　どうしてちゃんと見ていてくれなかったのですか？」

Ｙ医師は憮然とした顔をして、「看護師も忙しくて、タカちゃんひとりが患者さんではないので」と言い放った時は、あ然として返す言葉も出ませんでした。

確かに医師も看護師も忙しいのはわかります。しかし、それは理由にはなりません。

大切な命を救い、守ることが使命であるはずです。自分達の落ち度も認めず平然とした態度には呆れ果てました。

思わず「貴裕を返せ！　元気だった貴裕のように元に戻してくれ！」と叫びたかったほどです。

それを思うと、いくら有名でも、専門病院でも、必ずしも安全、安心とは言えないのだなとわかりました。特殊で特別な病院であるからこそ難しい病気を扱って研究や治療をしていくのだから、当然、優秀な医師と看護師で成り立っていると思っていたけれど、こんないい加減なことをしていれば患者達は救われないなと実感しました。

その後、Y医師から今後の貴裕の生活について説明を受けました。

「タカちゃんは検査後に心臓が止まり、その間、脳へ酸素と血液が流れなかったための後遺症で今までとはまったく違った生活をしなくてはなりません。これからはずっと寝たきりの状態ですべて介護が必要になります」と言われ、〝そんな残酷なことってあるのか？〟と、思ってもいなかった結果に唖然として言葉も出ません。たとえどんなに健康な人間でも、わずか三分間、心臓が停止して酸素と血液が流れなければ脳への損傷は必ず残るでしょう。ましてや未熟児で生まれた小さな子供です。「心臓が止まった原因は、心臓に造影剤が詰まったためです」と聞かされ、次から次へと思いもよらないことばかりのしかかってくるどうしようもない現実は私を苦しめ、身も心もボロボロに切り削られた気がしました。そして、何よりも苦しいのは貴裕本人です。

検査結果も判らないまま深刻な後遺症だけが残り、すべて納得がいかないまま悶々とした日々が続いて、何も手につきません。

とても辛かった毎日の中で、あれこれ考えて、思いきって医師と看護師を訴えようかと考えて、専門書を読んで勉強したり、いろいろな人に尋ねたりと、自分なりに努力してみましたが、裁判となると個人が大きな病院と争うのは簡単ではないし、面倒なことも多くて何年もかかることがわかりました。そのうえ、多額の費用も必要で、それを持続する財力や気力がなければとても続かないし、そのわりに原告側が勝つ見込みは少ないのが現状です。そう考えると今の私にはそんなパワーもエネルギーもなく、そういうことは、今は貴裕が元気になるためだけに使いたいと考え直しました。

しかも、この状態ではこの先もこの病院で診てもらうしかなく、他の専門病院を探すのも簡単ではない現実を思うほど、切なく悲しく残念な気持ちでいっぱいでしたが、仕方なく思い留まることにしました。

その数日後、Y医師は渡米し病院にはもどって来ないと聞かされた時は、何と無責任なのだと憤りが抑えられませんでした。本当に主治医として何の言葉もなくて、貴裕から逃げて行ったとしか思えませんでした。

ICU入室後、約一ヶ月で乳児南棟にもどって来た貴裕は、まだ人工呼吸器を付けたままの状態でした。師長さんから、「ターくんお帰り。待ってたよ」と言われましたが、私は「師長さん、こんな姿になって目つきも顔つきも変わってしまい、今までの貴裕じゃないみたいで残念でなりません」と泣きついてしまいました。そして、Y医師と看護師の一連の行動を詳しく話すと、「大変でしたね。でも頑張るのですよ。そして、ターくんはこんなに頑張っているのですから」と勇気づけてくれました。そして、ナースステーションからいちばんよく見える場所にベッドを設置して、「ここなら看護師達の目が行き届くので心配しなくて大丈夫ですよ」と言ってくれました。

それで少しは落ち着くことができましたが、それでも、いつまでたっても気持ちがすっきりしないままの状態は続きました。

入院から半年が過ぎた頃、Y医師の後にはS医師が主治医に決まりました。師長さんから紹介された時、見るからに温厚で、本当に子供が好きなのか、貴裕を見る眼差しは何ともやさしくて、とても穏やかな印象でした。同じ医師としてこれほどの違いって何なのか？　と驚くほどでしたが、私としてはとにかくいい感じの先生で安心しました。

貴裕もS医師と波長が合うのか、不思議なほど日を追うごと元気になっていき、そんな貴裕を見ては私の気持ちもずいぶん落ち着いてきました。

ある日、貴裕の面会に行くと、S医師と師長さん、看護師がベッドを囲み真剣な顔をして話をしていました。思わず、〝また何かあったのか〟と緊張しながら病室へ入って行くと、S医師は、「タカちゃん、とても元気になりましたよ。今日呼吸器を外してみようかと考えています。貴裕君は半年もの間、呼吸器に頼っていたので、自発呼吸ができるかどうか心配ですが、思いきって外してみましょう。いつまでも機械に頼っていては自分から呼吸をしなくなってしまうので」と説明してくれました。そして貴裕の様子を見ている姿に、何と安心感のある医師なのか、医療だけじゃなく家族のことまで気遣うやさしさが私には嬉しかったし、何より心強くて信頼できる人だと思えました。

半年ぶりに呼吸器が外されました。長い間太いチューブが挿入されていた左の鼻の穴は大きく変形して見るからに痛々しかったけれど、何よりもうっとうしさから解放された貴裕は、一生懸命自発呼吸をしているようでした。

その姿に感動し、「よかった。よく頑張ったね。ほんとによかった」とあまりの嬉しさに、ほおずりすると、S医師もにこやかな顔をして、「タカちゃん頑張っていますよ、もう大丈夫ですよ」と言ってくれました。

こんなにもすっきりとした顔を見るのは半年ぶりなので、まず、そのことが率直に嬉しかったし、やっと少し安心したひとときでした。

「先生、ありがとうございました。先生のおかげです」と、何度も頭を下げている私を見ていた師長さんが、「お母さんよかったですね、これで安心しましたね。ターくんよかったね、これからもがんばろうね」と貴裕の頭をなでてくれ、「ますます男前になって」と冗談を言って一緒に喜んでくれる病室内が、いつになく明るく和やかに感じられました。

S医師も、「タカちゃんよく頑張ったね。そして早くおうちへ帰ろうね」と笑顔で手を取り、しばらく様子を見て病室から出て行きました。

S医師の後ろ姿に深々と頭を下げた私は、この時、「この先生に診てもらっていれば絶対に間違いはない、大丈夫だ」と確信したのでした。

呼吸器を外され、半年ぶりに貴裕をしっかり胸に抱きしめたその感触は何とも言いようがありませんでした。貴裕の顔を見るとにっこり笑っていて、その時の笑顔は今でもはっきり覚えています。

その後も面会日には必ず病室に来て病状を詳しく話してくれるS医師は、この日もすでに診察していて、私が入って行くと、「タカちゃん、ずいぶん元気になりましたよ。これからは退院に向けてお母さんにはやるべきことがたくさんあって大変ですが、すべてできるようになれば退院できます。とにかくあせらず、何事にも慣れるよう努力してください」と言われました。

〝そうか退院か〟、やっと退院することができるのか。長くて大変だった入院生活も終わるのか。家での生活の準備に一日でも早く慣れて帰れるよう頑張ろう。そう考えて、医療機器の使い方や鼻へのチューブの挿入方法、食事となる濃厚流動食の作り方を学ぶため、毎日病院へ通いました。

逆に、長かった入院生活とはまるで異なる生活に不安もありましたが、S医師と師長さんに励まされ、毎回看護師に付き添ってもらいながら、まず痰の吸引から覚えていきました。鼻から細いチューブを入れて吸引器を操作しながら痰を引く練習です。看護師がやると、いとも簡単に引けるのですが、いざ自分でやってみると手先が震えてなかなかうまく引けません。ずいぶん手間取り時間もかかりましたが、何とかできるようになりました。

鼻腔栄養となったので、鼻から胃までチューブを通しての食事方法になりました。

そのため、常に左右どちらかの鼻の穴には必ずチューブが入れてあり、食事と水分はすべてこの方法で摂ることになります。貴裕にとっては一日分決められた量を与えられるだけで何の楽しみもなく、当然、味もまったく判らないでしょうが、唯一この方法しかないのです。私達からすれば想像もつかない虚しい食事です。せっかくの食事なのに、その都度顔を見ては何とも可哀相でした。

すべての作業は今まで経験したことのないことばかりでしたが、何とかできるようになり、長くて大変だった入院生活も終わりに近づいてきました。病院とは縁が切れませんが、それでも数日後には退院が決まったのでした。

退院当日にS医師と師長さん、看護師達に挨拶してまわると、S医師から、「ひと月後に外来予約を取ってあるので来院するように」といつもの笑顔で伝えられました。そして、「タカちゃん、先生待ってるよ」と貴裕の手を取ってくれ、「もし帰ってから様子がおかしいと感じたらすぐ病院に連絡し、僕がいなかったら家に電話をするように」と、自宅の番号を書いたメモも渡されました。医師が自宅の電話番号を教えるなど今まで聞いたことはなく、なんて親切で責任感の強い先生なのだろうと感心しなが

郵便はがき

料金受取人払郵便

新宿局承認

2524

差出有効期間
2025年3月
31日まで
（切手不要）

160-8791

141

東京都新宿区新宿1－10－1

（株）文芸社

愛読者カード係 行

ふりがな お名前		明治　大正 昭和　平成　　年生　　歳	
ふりがな ご住所	□□□-□□□□	性別 男・女	
お電話 番　号	（書籍ご注文の際に必要です）	ご職業	
E-mail			
ご購読雑誌（複数可）		ご購読新聞 新聞	

最近読んでおもしろかった本や今後、とりあげてほしいテーマをお教えください。

ご自分の研究成果や経験、お考え等を出版してみたいというお気持ちはありますか。

ある　　ない　　内容・テーマ（　　　　　　　　　　）

現在完成した作品をお持ちですか。

ある　　ない　　ジャンル・原稿量（　　　　　　　　　　）

書　名				
お買上 書　店	都道 府県	市区 郡	書店名	書店
			ご購入日	年　　月　　日

本書をどこでお知りになりましたか?

1.書店店頭　2.知人にすすめられて　3.インターネット(サイト名　　　　　　　　)

4.DMハガキ　5.広告、記事を見て(新聞、雑誌名　　　　　　　　　　　　　　　)

上の質問に関連して、ご購入の決め手となったのは?

1.タイトル　2.著者　3.内容　4.カバーデザイン　5.帯

その他ご自由にお書きください。

(　　　　　　　　　　　　　　　　　　　　　　　　　　　　　　　　　　　　)

本書についてのご意見、ご感想をお聞かせください。

①内容について

②カバー、タイトル、帯について

弊社Webサイトからもご意見、ご感想をお寄せいただけます。

ご協力ありがとうございました。

※お寄せいただいたご意見、ご感想は新聞広告等で匿名にて使わせていただくことがあります。

※お客様の個人情報は、小社からの連絡のみに使用します。社外に提供することは一切ありません。

■書籍のご注文は、お近くの書店または、ブックサービス(0120-29-9625)、セブンネットショッピング(http://7net.omni7.jp/)にお申し込み下さい。

ら、貴裕を思ってくれる心遣いに感謝しました。

S先生に巡り逢えた貴裕は何と幸せなのでしょう。いつも全力で診てくれて笑顔を絶やすことがないS先生が大好きな、貴裕と私です。


先生達に元気づけられ、見送られて約一年ぶりにやっと我が家に帰って来た貴裕は、懐かしい自分の匂いがするベッドに寝かされると、大きな目をキョロキョロと動かしていましたが、安心したのかしばらくすると穏やかな顔で眠ってしまいました。

その傍で私は入院生活を振り返り、これからは家族皆で頑張ろう、皆で守ってあげなくちゃと思いました。すると、そこへ弟が退院するのを待ちかねていた娘が学校から帰って来ました。

大喜びした娘は、「ターくん帰って来たんだ！　お姉ちゃん待ってたよ」と手や足をさわり、ランドセルを背負ったまま部屋中かけずり回って喜んでいました。

しかし、その夜帰って来た夫は貴裕を見ると、あまりの変貌ぶりに驚き、何も言わず座り込んでいました。

その姿を見て、〝無理もない〟と思いました。入院前は、帰ってくるとすぐ、汚れた仕事着のまま貴裕を抱き上げて喜んでいたのですから。愕然とし、ショックも大きかったようでした。

それからは二度と傍に行くこともなく、日に日に帰ってくるのも遅くなり、私を心配させました。

それでも、〝今は無理かもしれないけれど、そのうち慣れるだろう〟と考えて様子を見ることにしました。

翌日には、心配してくれていた近所の友人達が貴裕に逢いに来てくれました。

ひとりの友人が貴裕を見て、「えっこんなに変わっちゃったの？　ターくんじゃないみたい。うそでしょ！　私なら気が狂っちゃう。何て可哀相なの。病院って怖いね、何されるか判らないね」と言うと、もうひとりの友人も「ターくん、精密検査のために入院だって聞いてはいたけど、二度と取り返しがつかないじゃん」と率直な感想を言って、「これから毎日大変だね。何か手伝うことがあったらいつでも言ってね。できる限り手伝うから」と言ってくれた心遣いが嬉しくて、理解ある友人の存在をありがたく思いました。

退院してからの貴裕は病院にいる時とは明らかに違い、表情も明るく穏やかで、私も安心でした。

家にいてもやるべきことは基本的に病院と変わらず、朝起きてからの検温、吸引、着替え時間ごとの流動食など、まるで私は資格のない看護師みたいです。

とにかく気が抜けない日々でしたが、傍にいて目が届いている安心感は私の気持ちを落ち着かせてくれます。

病院から帰って以降は、毎晩寝る時に必ず私の腕と貴裕の手をひもでつなぎ、何かあってもすぐ目が覚めるよう万全を期していました。

その後、それなりに忙しく皆それぞれ顔を出してくれ手伝ってくれました。貴裕も声をかけられるとにぎやかな様子が判るのか、よく笑い手足をさかんに動かしてとても元気でした。

皆が来ると決まってお茶を飲み、お菓子を食べたり、今で言う「女子会」のようにワイワイガヤガヤと外まで笑い声が聞こえてうるさいくらいでした。

友人は、「ターくん見ていると、つくづく健康って有り難いことなんだと思うよね。健康が当たり前だと思っているとバチが当たるかも」と言い、こんな小さな貴裕からも少しは影響があったようでした。

退院から早くも三ヶ月が過ぎ、何事もなく穏やかに過ごせていましたが、いつまでも皆に甘えているのも心苦しくて、娘に手伝いを頼むと快く引き受けてくれて助かりました。入浴のサポートや掃除、食器洗い等、何ひとついやがりませんでした。

娘にとっていちばん大変だったろうなと思ったことは、貴裕をお風呂に入れる時でした。娘は、はだかにした貴裕をバスタオルにくるみ、座布団の上に寝かせると座布団の両端を持ってずるずると引きずって連れて来てくれるのですが、その様子を見た時は思わず笑ってしまいましたが、すごい知恵だと感心もしました。

その頃の貴裕は毎日高カロリーの濃厚流動食で、体重も増えて私が抱いてもズッシリと重くなっていました。

これじゃあまりにも手伝う娘が大変だ。何とかしないとダメだ。一年生には荷が重すぎる。こんな大変なことを続けさせる訳にはいかない。そう考えて、その夜遅く帰って来た夫に話をして手伝ってくれるよう頼んでみましたが、何の言葉もなく、その後何度お願いしても、何ひとつ手伝ってくれませんでした。

〝まったく何考えているんだか？〟。これからは家族皆で協力していかなければならないのに自分だけ勝手なことをして、と私は呆れていました。

この時、こんな頼りない夫とは別れよう。こういう時に家族を支えてくれなければ一緒にいる意味もないし、よけいにストレスがたまる、と思いました。

入院中、ケースワーカーに聞いていた話では、障害を持つ子の親には二通りあって、何でも夫婦で協力しながら育てる親もいれば、夫がまったく協力しないケースもある。そんな中、母親ひとりで介護や家事すべてをやるのはとても大変で、身内や身近な人、その他ヘルパーさんに助けてもらわないと、とても無理だと言っていたことを思い出しました。

確かにそのとおりで、母親ひとりどんなに頑張ったとしても体力や気力には限りがあります。健康な子供を育てるのとは訳が違い、障害児となれば遥かに気を使い、体も使って神経を張り詰めながらの生活は、経験した者でないと判らないかもしれません。

そんな日々の中、いちばん近くに住んでいる夫の姉妹に相談すると、「店が忙しいから」とあっさり断わられ、その他の姉妹にも話してみましたが誰も協力してくれません。

思えば退院しても見舞いに来てくれなかったし、とにかく店が忙しいからと理由をつけて関わりを避けているようでした。

青果商を営む夫のもとへ嫁いで娘が生まれた時、半年後には店を手伝わされました。まだ歩くこともできない娘をダンボール箱に入れて、じゃが芋や玉ネギをおもちゃ代わりに無心に遊ぶ娘を店先に置いて仕事をしていると、なじみのお客さんが、娘が可哀相だからと家に連れて行き、遊んでくれたり面倒を見てくれたりしたものです。ある時は、たまたま仕事帰りに寄った私の姉が娘を見て、「まっ黒な顔してドブネズミみたい」と言い、とても不憫に思って実家へ連れて帰ってくれたりしました。とにかく何が何でも商売がいちばん大切で、私は労働力を提供するために嫁いだようなものでした。

それでもこんな時だからこそ姉妹達が助けてくれるはずだと考えていましたが、まったくの思い違いで、途方にくれていました。

夫の身内は絶対無理だ。そうかと言って近所の友人達に毎日手伝ってもらう訳にもいかない。どうしよう。どうしたらいいのか……ずっと悩んでいましたが、思い切って実家の母に話をすることにしました。

夫や親族たちの態度を何も知らない母はとても心配し、父が帰って来たら話をしておくから心配しないようにと言ってくれました。

その三日後、「お父さんも心配して、すぐにでも帰ってくるように言ってあげなさいと言われたから、早く帰って来なさい。待ってるから」と言われた時は、大船に乗った気分でした。

いっときでも早く帰りたかった私は、翌日から少しずつ身のまわりの物を整理し始め、時間を見つけては役所や学校に出向いていろいろ手続きを進めました。留守中は娘に貴裕を預け、ちょくちょく電話をかけては貴裕の様子を聞きながら行動しました。

慌ただしさの中で約三ヶ月で準備も整いました。引越し当日は朝から晴天だったことを記憶しています。

以前から頼んでおいた男友達二人が来てくれて、重い医療機器や空気清浄機、少しばかりの荷物を車に積み込むと、私はテーブルの上に離婚届を置き、私達母子三人を乗せた車は住み慣れた土地を離れて実家へと出発したのでした。

世話になった近所の友人達や商店のおじさんとおばさんに途中で挨拶すると、皆が手を振って見送ってくれました。


実家まで三十分で着くと、門の前で待っていた母は手伝ってくれた友人たちにお礼を言いながら、久しぶりに貴裕を見て、「まあ、こんなに大きくなって元気で安心した」と笑顔を見せました。娘には「ママのお手伝いたくさんしてお利口さんだったね」と褒めて、手をつないで家の中へ入っていきました。

母は、友人達が二階へ荷物を運び終えると、「いろいろお世話をかけてすみませんでしたね。お昼を用意してあるので食べてから帰ってください」と台所へ案内すると、テーブルの上には寿司や煮物、ケーキ、母自慢の漬物などが溢れるように置いてありました。遠慮している二人に「母の気持ちだから食べてよ」と勧めると、ひとりの友人は田舎の母親を思い出したのか、懐かしそうにヌカ漬けの匂いをかいで「うまいなあ、これがおふくろの味なんだよな」と味わいながら食べていました。

私は貴裕を二階へ連れて行き、しばらく様子を見ていましたが、疲れたのか眠ってしまったので、その寝顔を見て安心して階下へ降りました。すると、母と友人達はまるで親子のように大声で笑いながらしゃべっていました。

もうひとりの友人は「お母さんから漬物と心付けをいただきました。当分、田舎へ帰らなくてすみそうです」と喜んでくれて、漬物が何よりのお土産となったようでした。よほど漬物が気に入ったのか、匂いをかぎながら「また手伝うことがあれば電話をしてください」と言う友人に、母が「食べたくなったらいつでも来てくださいね」と答えて、友人達は心から喜んで帰って行きました。

その後、母と娘といっしょに食べた寿司が格別においしかったことを覚えています。

母と話が尽きず、時間のたつのも忘れていました。気が付くと夕方になっていて、玄関のチャイムが鳴って父が帰って来ました。

ドアを開けた父に「お帰りなさい、お父さん。今日から三人でお世話になります」と言った私の顔を見て、「そうかよく帰って来た、待ってたぞ。もう心配することはない。あとはみんなお母さんがやってくれるから大丈夫だ」と言い、「ターは元気か？」と聞いたので「二階にいるよ」と言うと、着替えもしないで二階へ駆け上がって行きました。

貴裕の顔を見た父は、「おう、元気で何よりだ」と笑顔で頭をなでたり手足をさわったりしながら、「ターは何もしないしできないから、今日から『殿』だ。『殿様』だ」と言ったので母と私は大笑いでした。

思えば初節句のお祝いにと五月人形を買ってもらった後、一度も会ってないのに、母から話を聞いていたのか、まるで変わってしまった貴裕を見ても驚いた様子もなく、私の方が驚いたくらいでした。

なかなか貴裕のそばを離れようとしないで何やら一生懸命しゃべりかけている父は、母から「お父さんお風呂が沸きましたよ」と声をかけられ、やっと腰をあげて下へ降りていきました。

貴裕と同じで風呂好きの父は、娘と一緒に一時間も入っていました。母と夕飯の支度をしながら「ほんとお父さんは、風呂が好きだよね。熱があっても三六五日入らない日はないもんね。私が小さい頃、お風呂に入らないと布団に寝かせてもらえなかったし、どんなに眠くても起こされて入らされたことをおぼえているよ」と笑いながらしゃべっていると、父と娘はやっとお風呂から出て来ました。

娘は、真っ赤な顔をして、ひと皮むけたかのようにきれいさっぱりとしていましたが、それまでずっとひとりで入っていたから、ちゃんと洗えていなかったんだ、いつも貴裕が優先で、何でもひとりでやってきたからだったのだと気が付き、申し訳なく思いました。

父は娘をひざに乗せてごきげんで晩酌を始めると、改めて「お前も大変だったな。明日からはゆっくりして『殿』の面倒だけ見てやれ。それが仕事だ。あとはお母さんにまかせておけばいい」と言ってくれたのですが、「お父さん、あんなに変わっちゃった貴裕を見ても何とも思わないの？」と聞くと、「今さら何を言おうが思おうが元にもどる訳じゃなし、それより元気でいてくれることがいちばんいいんだ」と答えて、おいしそうにお酒を飲んでいました。

そんな父は十三歳の時、父親を亡くしていて、自分の子供は女三人で、兄の子供も女ばかり四人いて、今まであまり男の家族と縁がなかったからなのか、それはそれは貴裕をかわいがりました。

その夜は久々に私も食事を楽しみ、娘も父と母に甘えて遅くまで起きていました。食後の後片づけをしている母を見て、ふと学生時代を思い出していました。あの頃の私はいつも両親に迷惑と心配をかけていました。

私には姉と妹がいますが、二人とも真面目で学校の成績もよく、県立高校へ通いましたが、私は、学校は好きだけれど勉強は嫌いで、「高校へは行かないから」と言うほどでした。結局、父から「今の時代最低でも高校だけは卒業してないと社会に出てからお前が苦労する」と説得されて、仕方なく私立の女子高へ通いましたが、通学はするものの帰りには友達と決まって繁華街へ遊びに行っていました。そんなところを学校の先生に見つかってしまい、母が学校から呼び出され、自宅謹慎処分となってしまったこともありました。「守らなければ退学になると言われたから、家から出ちゃだめだよ」と母に念押しされても、二日後には夜の盛り場へ行って、そこで補導されて警察へ連れて行かれました。父が迎えに来た時に生まれて初めて殴られ、こっぴどく叱られたけれど、それでも何も反省しない不良少女でした。

そんな私が子連れで帰って来たというのに大きな心で迎えてくれて、親の愛情の深さを知りました。親は子供がいくつになっても子供で、親の愛ってすごい。親の愛は無償の愛なんだ。そう心から思えました。

その夜は疲れていたのになかなか眠れず、うとうとしながら朝を迎えました。

部屋に朝日が差し込み、子供達の寝顔を見て〝帰って来てよかった〟と実感しました。

夫とは別々の人生を歩むことになっても、これでよかったのだと確信しました。

窓を開け、裏の大きな杉の木や庭の花を見ると、昔と変わらない風景があり、とても穏やかで気持ちのいい朝でした。

さあ、今日から頑張らなくちゃと気合いを入れ階下へ降りて行くと、すでに洗濯機が回り、味噌汁のいい香りがし、台所へ行き「おはようさん」と母に声をかけると、「もう起きてきたの、ゆっくり寝てればいいのに」と言ってくれましたが「貴裕、ごはんだから」と、流動食の準備を始めました。その私を見て「毎度毎度、流動食の支度も面倒なんだね。それでも貴裕はもっと可哀相だね。口から食べることができないから味も判らないし、食べる楽しみもない侘しい食事で、私たちには想像もつかないね」と、母は寂しそうな顔をしたのですが、「確かにそうだけど、私は毎日の食事の支度と介護することしかできないから」と、自分のできることをやって支えていくのだという意志を伝えました。

「まるで資格のない看護師みたいだね」、母はボソリと言いました。

家族がそばにいて皆で朝食を食べているのだなあと、それだけでありがたく感じていると、母が「昨日お父さんが夕方帰って来たのは、あんた達の顔を早く見たかったからよ。いつもなら会社の帰りに麻雀をして九時過ぎるのに」と教えてくれました。私は、そんなに心配してくれていたんだ、申し訳ないなあ、と改めて感謝しました。

心配事も少なくなり、充実した日々を過ごしていると、今までの生活がうそのように心も明るくなり、心身ともに落ち着いてきました。気になっていた娘も元気に学校へ通って、友達もたくさんできたと喜んでいました。クラスでいちばん仲良しになったというY子ちゃんと毎日遊んでいました。

その後、Y子ちゃんのお父さんが自宅の敷地に柔道場を開設したとき、Y子ちゃんと一緒に柔道をやってみない？　と誘われ、娘は週二日の道場通いを始めました。しばらく通っていると、Y子ちゃんのお父さんの友人で元オリンピック金メダリストの山下泰裕氏が道場へ来てくださいました。娘達に心技体ともに指導してもらった際に撮った写真を今でも大切な思い出として持っています。

実家に戻ってきてから半年が過ぎた頃、母から「月一度の外来の時だけじゃなくて、たまには気分転換に外へ出てみたら」と促され、ついでに買物も頼まれたので、昔、母とよく行っていた乾物屋さんに行きました。貴裕を気にかけていてくれた店のおじさんは「どう？　貴裕君、元気か？　お母さんもずいぶん心配してたけど大丈夫か？」と矢継ぎ早に質問してきました。「はい、今のところ元気です」。「そうか、それは良かった」。

かつて、おじさんの娘さんが病弱で、年中医者通いをしていた時に試行錯誤しながら作ったという、ニンニク卵黄の作り方を親身になって教えてくれました。今の時代は買えば手に入るものですが、当時はまだそれほど知られておらず、手作りして飲ませた娘さんはとても元気になって、体が丈夫になり風邪ひとつひかなくなったそうです。「うそのように健康になったから、貴裕君に飲ませるといい。絶対に丈夫になるから」と言われ、早速翌日に作ってみました。

まず、ニンニクのうす皮をむき、蒸して卵黄二十個と一緒に鍋に入れて手を休めずひたすらかきまぜ続けます。ところが、とにかく強烈なにおいを発して、部屋中の窓を開けていても臭いのです。それに目は痛いわ、手は疲れるわ、臭くてたまらずマスクとメガネをかけ、母と交代しながら粉末になるまで半日がかりの大変な作業でした。

だけど、これがすごかった。

毎日たった耳かき一杯と少量だけど、流動食に混ぜて飲ませ続けていると、日増しに顔色がよくなり、肌もつやつやと光り、とにかく元気になっていきました。その後、半年以上は入院しませんでした。

これはすごい！　親が子供を思い、知恵を絞って作った最高の代物だ、と思いました。

外来でS医師に話をすると、その効果に驚いて、「それでこの一年元気なのですね。僕も安心しました」と喜んでくれました。

その後しばらくは元気で過ごせていましたが、ある日、朝から機嫌が悪くて熱を測ると三十八度あり、心配でしたが、連休のために病院は休みでした。迷っていましたがS医師の自宅へ電話をすると、奥様から「主人は子供と出かけて留守ですが、すぐ病院へ行くよう連絡しますので先に行ってください」と言われ、貴裕を連れて大急ぎで病院へ向かいました。

救急処置室に入ると看護師が手早く酸素マスクを付けてくれ、点滴をしながら待っていると、慌てた様子でS医師が来てくれて、貴裕の顔を見て「タカちゃん今日はどうしたのかな？　長いこと入院しなかったのに」と診察を始めてくれました。「お母さんの判断が早かったので大事に至らずよかったです。しばらくの間預かりますが、あまり心配しないように」と言ってくれて、ひと安心しました。

Ｓ医師はいつも対応が早く、看護師に適切な指示を出して診てくれるので、何より信頼できる素晴らしい先生です。

〝ああよかった〟と安心して病院を出て駅へと歩いていると、一軒のラーメン屋が目に留まりました。

こんな所にお店があったなんて、まったく気がつかなかった。いつもこの道を通る時は貴裕の具合が悪い時ばかりで、まわりを見る余裕などなかったのか、としばらく立ち止まり見ていましたが、ちょうどお腹もすいていたので、店に入ることにしました。

スープのいい香りが漂っていました。ラーメンを注文して店内を見回すと、一組の親子連れが目に留まりました。見れば貴裕と同年代ぐらいの男の子がおいしそうに麺をすすり食べていました。

〝もし貴裕が健康なら、あの子と同じように食べているだろうな〟と想像し、はたして病院って何だろう？　と考え込みました。病気の原因を見つけて適切な治療をしながら十分な看護を受けて回復させる場所、だと思っていましたが、一歩間違えれば家族共々人生を大きく変えられて、取り返しのつかないことになってしまう、とても危険な場所にもなる。そんなことを考えながら、実に久しぶりに一人でラーメンを食べました。

入院から一週間が過ぎたとき、病室に入ってきたS医師は、「僕、明日から十日間ほど学会でアメリカへ行くので、留守中はF医師にお願いしてありますから、しばらくの間F医師に診てもらってください」と紹介されました。

F医師は何とも変わった医師で、診察しても何の言葉もなく、とても気難しい医師で、初めから好感が持てませんでした。

S医師が渡米して一週間が過ぎました。入院すると必ず毎回病室に来てくれるS医師とは違い、入院後初めて病室に来て、「タカちゃんはなかなか痰が出ないので気管切開をすれば痰も出しやすく呼吸も楽になるので切開をしたほうがいい」と切開を勧められました。

〝えっ、切開？〟

そんなことなど一度も考えたことがなく、何を言い出すのだろうこの医師は？　S医師の留守中に勝手なこと言って。まして貴裕を診察したこともないのに、何がわかるのか？　と思って、その場で「けっこうです」と断ると、憮然とした顔をして病室を出て行きました。

気管切開はさほど難しい手術ではないようですが、多少なりとも体に負担はかかるものですし、何か起これば機械や管を付けて、がんじがらめの悲惨な状態になります。それだけは絶対に避けたいと思っているので、いくら医師の勧めでも私には「はい、そうですか」と簡単には言えないのです。

病院は医師や看護師にとって都合のいいことを優先し、患者の負担や家族の気持ちはあまり考えてないような気がしました。

しかし、S医師は家族が納得するまで丁寧に説明してくれます。信頼でき、安心できる素晴らしい先生なのです。こんな先生ばかりそろっていたら、患者も家族もどんなに救われることでしょう。

今回の入院は三週間で済みました。

やっぱりS先生はすごい。絶対S先生に診てもらいたいといつも思っている私です。

その後からもS医師に診てもらえることで安心していましたが、ある日の外来で診察が終わると、「僕は今月いっぱいで県外の病院へ行くことになり、今日でタカちゃんとお別れです」と言われました。

「えっ！　ほんとうですか？　どうしよう、先生がいなくなるなんて思ってもいませんでした」と言ったきり、頭の中はまっ白になってしまいました。

うつむいてがっかりしていると、S医師は、いつものやさしい笑顔で貴裕の手を取って、「タカちゃん、元気で頑張ろうね。そしてタカちゃんの耳から音が届くように」と、小さなかわいいオルゴールを持たせてくれたのです。

またしても医師が患者に贈り物をするなど聞いたことのない対応です。改めてそのやさしさに頭の下がる思いでした。

この先、これほどまで貴裕を思いやってくれる医師には絶付に巡り会えないと思うと、残念でなりませんでしたし、不安ばかりで仕方がありませんでした。

涙をこらえ、「先生とても残念ですが、先生のおかげで元気になり大きくなって、来年は一年生になります。長い間ほんとうに有り難うございました。これから毎日不安で心配ですが、頑張ります」と言うと、「今まで貴裕君とお母さんと二人三脚で頑張ってきたからですよ、これからも頑張ってください」というのが最後まで応援してくれたS医師との辛い別れでした。

その後は日々不安な気持ちで過ごしました。月一回の外来でF医師の診察は欠かせないのですが、相変わらずの無口で、診察は寂しいものでした。

それでも診てもらわないわけにはいかず、患者は医師を選べないが医師も患者を選ぶことはできないのが現実なのです。

月日のたつのは早く、新学期になりました。

一年生になった貴裕はランドセルを背負うことはありません。

養護学校（現在の特別支援学校）へ入学しましたが通学は無理ということで、訪問教育を受けることになりました。その時の先生はN先生と言って、とても明るく元気な先生でした。

N先生はいつも玄関で大きな声を出し、「こんにちは、タカちゃん元気ですか？先生来ましたよ」と言いながら顔を見て、手足を伸ばし、かけ声をかけてリハビリすると、初めはびっくりして嫌な顔をして泣いていた貴裕も、慣れてくると声をあげて笑い、思ったより楽しそうでした。

当然、健常児とは違うので扱い方が難しいらしいのですが、N先生はベテランの教師で母親達からは信頼もあり、とにかく明るい先生でした。

そう考えると、先生と名が付く方たちから、いつも相手を思いやり、やさしい気持ちで接してもらえることが親にとっては何より安心できるのです。

最近の貴裕はN先生の指導がいいのか？ 目つきや顔つきにもたくさんの表情が出てきて話しかけると言葉にはならないが、「ウー」とか「アー」とか一生懸命口を動かし、にこにこ笑いながら手や足もさかんに動かして、とても元気でした。

大好きだったS先生と別れてから半年が過ぎ、今の貴裕を見たらどんなに喜んでくれるだろうと想像しながら懐かしく思っていました。

とにかく貴裕の具合が悪くならないようにと細心の注意をしつつ、年末を迎えるまでになりました。

来年は二年生になるんだ。来年も元気で頑張ろう。そう希望を持って何とかこの一年間を無事に過ごせたことに感謝し、大晦日には家族そろって年越しソバを食べました。除夜の鐘と、遠くで船の気笛がボーッと鳴る音を聞いてから一年を終えました。

年も明け、早くも二月となったある日、この冬いちばんの寒さで、朝からみぞれが降っていました。うす暗くて何とも嫌な日に熱を出した貴裕は入院となってしまいました。

何より恐れていた入院でした。今までの入院は乳児ばかりの病棟でしたし、信頼できるS医師も師長さんもいて安心でしたが、一年生の貴裕は初めて学童専用の病棟へ入ることになりました。

ところが、この病棟はとにかく騒がしいのです。歩ける子供はバタバタとスリッパの大きな音を立てて病室内や廊下を走り回っています。

〝何だ、この病棟は？〟こんなにうるさいのに、看護師が注意することもなく、知らん顔をしているではありませんか。〝どうなっているんだ〟と、あっけにとられていました。そして看護師の行動を見ていると、動けたり歩けたりする子供の世話を優先させ、貴裕のように手のかかる子供は後回しにしていました。

これは、どうしたものか？　とんでもない病棟に入ったものだ。そう心配しながらも、その後もずっとうるさくて落ち着かない状況が続いて、今までの入院病棟からは想像もつかないところでした。しかも、面会日に行っても、呼ばなければ医師も看護師も来ないし、師長の姿も見かけることがありません。これでは相談することも一苦労です。

入院から一週間が過ぎました。

病院の環境や人に対する心配がぬぐい切れていなかったので、この日もいつもより早く行くことにしました。

何気なく病室を覗くと、何と看護師が貴裕に馬乗りになって胸をバンバン叩いているではありませんか。驚いた私は、鍵がかけられていた入口をドンドンと強く打って大声を出して開けてもらうと、走って病室に駆け込みました。

「何してるんですか？　痛くて泣いているじゃないですか。早く降りてください」と引きずり降ろすと、憮然とした顔で、「タカちゃんはなかなか痰が出ないので、こうやって叩いて出すのです」と平然として言ったのです。

いくら医療行為とはいえ、あまりにもひどい！　病院は子供たちの家族の見ていないところで何をやっているのか判ったものではありません。何も抵抗することができない貴裕があまりにも惨めで悲しくて、こんなところに頼らざるを得ないことが悔しくなりました。

思えば、以前、気管切開を断わったので、その当て付けなのだろうか？　そう考えたら無性に腹が立ってきました。

時々、老人介護施設や障害者施設で動けない人を殴ったり足で蹴ったりベッドから落としたりといった、考えられない虐待行為で捕まった人をニュースで見かけます。それらは、何かおかしいと異変を感じた家族が、隠しカメラを設置して発覚することが多いようですが、施設側の責任者が何人も深々と頭を下げて謝罪しているだけで、介護や看護に現場でたずさわっているスタッフや看護師達は決して表には出てきません。ある意味で、介護や看護、医療現場で働く人達はいつも施設や病院という大きな組織に守られていて、何をやっても自分自身の責任を感じなくなっているのでしょうか？

医師や施設運営者は当然ですが、日常的に患者と向き合って仕事をしている介護士や看護師達も、はたして大切な命を預かっている職業としての使命感を、どのように考えているのか？　また、現場での教育はどのようになっているのでしょうか？　命に関する仕事は全般的に、ただ資格を持っているというだけではすまされない気がします。

この病院のように、特殊で難しい病気の患者ばかりを相手に、様々な治療を施して回復させていくには、数多くの患者自身も治療を受けつつ被験者となって、医療の発展に貢献するのは当然のことかもしれません。しかし、そうであれば、医師や看護師も有能で優秀な人材ばかりそろっていると思っていましたが、実際は研修医や見習い看護師達の勉強の場にもなっているわけですから、どんなに有名な病院でも必ずしも安全で安心であるわけではないのは、当然と言えば当然なのかもしれません。残念ですけれど……。

入院してから三週間が過ぎました。まだ退院できないのかな？　早く家に連れて帰りたいなあ。ここ毎日のように泣いている貴裕が嫌な顔をしているのかがすごく気になって、心配でたまりませんでした。

その日も、面会に行くと貴裕は泣いていました。まったくどうしたのかな、いつも泣いてと考えながら病室に入ると、これまでにないほど手足をバタつかせ、まっ赤な顔をして異常な泣き方をしていました。

「どうしたの？　こんなに泣いて」

と抱きあげると、びっくり！　全身ずぶ濡れで、体から水がしたたり落ちていました。

〝何だ、これは⁉〟と、明らかに異常を感じました。そして、この時ばかりはどれほど声をかけようが、何をしようが、狂ったように泣き叫び、すごい力で体ごとつっ張って、そっくり返っているではありませんか。

まったく手に負えない状態です。しっかり抱いて何とかしようと思いましたが、もはやどうしようもなく、あたりかまわず大声で「いったい、ここの看護師は何やってるんだ！　仲間同士でしゃべってばかりいて、患者をほったらかして！　体中びしょぬれじゃないの！　ましてこんな異常な泣き方しているのに何故見てくれないの！　つい先日だって胸に青アザができるほど強く叩いたりして。いいかげんにしなさいよ！　まったく、すぐ着替えを持って来てよ！　早く、早く！」と、またしてもこんなことになり、頭に血がのぼって一気に怒鳴りました。

病室内にいた親達は私の剣幕に驚いていました。となりのベッドのお母さんからは「あまりにも異常な泣き方なので看護師さんを呼ぼうかと思っていたのですよ」と言われましたが、私は全身の震えが止まらず、返事をすることもできませんでした。貴裕の顔を見ると、今まで一度も見たことのない恐しい形相をして私の顔をにらんでいたのには青ざめました。

〝どうしていつも目を配ってくれないのだろうか？〟、泣くことだけでしか意志表示ができない貴裕があまりにも哀れで、思わず壁を蹴とばしていました。

ずぶ濡れの原因は、酸素テントの中に設置してある氷水がホースを通ってベッドの下の器へ流れる仕組みになっているのに、何かの不具合でそのまま全部布団に染み込んでしまい、その上に長い時間寝かされてほったらかしにされていたのでした。

冷たくて寒くて早く気が付いてほしいと全身の力をふりしぼって泣きわめいていたのに気がついてもらえず、あまりにもひどい管理体制です。

「ごめんね、寒かったね、冷たかったね」と抱きしめてやることしかできない無力な自分が情けなく、命を軽視するこんな病棟にいたら、今に殺されてしまうと本気で思いました。

思い起こせば、七年前の精密検査をした後に心臓が止まった時と同じで、看護師がしっかり目を配っていなかったことが危険を招いていました。やはりあの時に裁判を起こすべきだったのではないか、と後悔しましたが今となってはもう遅すぎます。どうすることもできませんし、またしても病院の医療体制のずさんさを思い知っただけのことでした。

その日は帰って来てから何も手につかず、食欲もなくて、丸二日間ほとんど眠ることもできませんでした。

その翌日、病院からの呼び出しで走って病室に行くと、もうそこには貴裕の姿はなく、病棟のいちばん奥にある個室へ移されていました。

〝なぜ個室に?〟と不審に思いながら中へ入ると、またしても人工呼吸器と管につながれていました。目の前の貴裕は呼吸器で生かされている状態でした。両足には包帯がグルグル巻きにされ、まるでミイラが横たわっているようでした。

しっかり見ていてくれたらこんなことにならないのに、と怒りを抱えて看護師に訳を聞くと、私が帰った後に高熱が出て、体が冷たくなっていたのでカイロを当てたら火傷をした、と言うではありませんか。冷たい体を急激に温めようとカイロを体にくっつければ火傷をするのは当然で、そんなことも知らないのかと思って呆れました。いつもいいかげんな看護ばかりして！　と看護師を殴ってやりたいほどの気持ちでした。

こんな病棟は信用できない。こういうことが繰り返されている現状を病院の医院長や責任者は知っているのだろうか？　それを考えると本当に虚しくて悲しくなりました。

今回の入院は熱が三十八度とあまり高いわけではなかったけれど、時を待たず急変することもあるから用心のための短期入院だと私は思っていたので、まさかこんな事態になるとは想像もしていませんでした。

今までの出来事が走馬灯のように頭をめぐり始めました。検査入院から始まり、結果も出ないまま心停止となり、寝たきりとなって様々な苦痛を余儀なくされている。自分では逃れられない残酷な生活。〝こんな人生もあるのだ〟と思うと貴裕が不憫で仕方がなく、健康に産んであげられなかったことを心から詫びました。

医療機器の音だけが鳴り響く寂しい病室。

そうだ！　大好きだったS先生がくれたオルゴールを持って来て聞かせてあげよう。やさしかったS先生が、「いつもタカちゃんの耳から音が届くように」と言ってくださった宝物を午後家に帰り持って来ました。

信じられないことですが、入院してても今まで一度も病室へ来たことのなかったF医師が、個室に移ってからは毎日来るので何か変だなとは感じていました。

そのわりには、病状が回復する訳でもなく、この病棟に来てから一ヶ月も経っていないのに、日に日におかしな状態になっていくばかりです。「もしS医師に診てもらっていれば絶対にこんな悲惨な状態にはならないはずだ」と思ったら、悔しくて悔しくて、この気持ちを誰にもぶつけることができず、落ち込んでしまいました。しみじみ貴裕を見ては涙がこぼれるばかりです。今まで何度も危機を乗り越えてきた息子ですが、もうこれ以上「頑張れ」とは言えず、何とか奇跡が起こってくれないかと願う毎日でした。

F医師は、「今夜からここに寝泊りしてもいいですよ」と言って、看護師が簡易ベッドを置いていきました。でも、私はそのベッドには一度も寝ることなく、貴裕のべッドに寄りかかって、うたた寝状態で夜を過ごしました。

恐怖の三日間が過ぎて病室に入って来たF医師は、真剣な顔をして「タカちゃん今回はなかなか良くならず、今日か明日中に会わせたい人がいれば会わせてあげてください」と言いました。

ある程度覚悟はしていたつもりでも、白衣を着た医師にはっきり言われると、心の中は複雑でした。

しばらくの時間何も考えられず、動くこともできませんでしたが、夕方になって母に電話をするとひどく驚いて、翌日には娘と姉と妹を連れて病室に来てくれました。

皆でベッドを囲むと、娘が「ターくん起きなさい、早く起きておうちへ帰ろう、早く」と言いながら、私の服をつかみ「ママ何してるの？　早くターくん抱っこして帰ろうよ、早く早く」と泣き出しました。私の手を取って地団太を踏むので、母がなだめて病室の外へ連れ出しました。

母達が帰ると、ますます寂しくなって、その夜はずっと貴裕の手を握っていました。

窓の外を見ると、桜がうす明かりに照らされて、こんな時なのにひときわ美しく咲いていて、いっそう私を悲しくさせました。

医療機器の音だけが耳について離れない、何とも言いようのない時間が流れていきます。貴裕の顔を見ては涙があふれます。この手を忘れないようにと強く握ると、弱々しい力だったけれど、しっかり握り返してくれました。

この時、貴裕は私のことをちゃんと判ってくれていると感じました。頑張れ貴裕、頑張れ。ママといつもいっしょだよ。頑張れ、頑張れ。そう言い続けていましたが、突然〝ピイーーッ〟と大きな音が鳴り、心電図が平らな線となって、数字はゼロを表示しました。「貴裕、貴裕！」と叫ぶと、看護師と医師が駆け込んで来て臨終を告げられました。

貴裕が亡くなると、すぐに体からすべての管と機械が外されました。何もかもなくなって、やっと解放され、自由になれた貴裕を思い切り抱きしめて悲しみに打ちひしがれている私のもとに、Ｆ医師ともう一人の医師が来て、「貴裕君を解剖させてください」と言いました。

〝何？　解剖!?〟と聞き返して二人の顔を睨みつけました。「先生、貴裕は今まで息をしてたのですよ。生きていたのですよ。それなのに解剖するなんて、よく言えますね。しばらく時間をください。よく考えますから」と怒りを込めて返事をしました。

息を引き取ってからさほど時間も過ぎていないのに、何てことを言うのでしょう。私だって医師達が患者の死後すぐに解剖することで、医学書だけでは絶対に学べない多くのことを習得して、これから先の医学を発展させるためにも必要だということは知っています。それにしても、です。

私が簡単に同意できなかったのは、今までのことが脳裏に焼き付いていたからでもあります。入院中はいつも不安ばかりがつきまとい、何か起きてからでないと行動してくれなかったF医師に、今さら、「解剖させてください」と言われても、すんなりと許諾できないのが感情を持つ人間というものです。

〝何言ってるんだ。勝手なこと言うな〟くらいのことは言ってやりたかったけれど、貴裕が大好きだったS医師は、いつも貴裕を大切に思って真剣に治療をして家族にも心を寄り添わせ、温かい心と笑顔を兼ね備え一生懸命応援して、私を癒してくれて、何よりやさしく、信頼することができた素晴らしい先生でした。そしてこれからもそんな立派で優秀な医師が一人でも多く育ち、誰からも信頼される医師になるようになってほしい……もし貴裕に問いかけたら、貴裕は何て答えるだろうか？

しばらくそんなことを考えていると、解剖の依頼に素直に〝分かりました〟とは言えず、どうしたらいいのか迷って貴裕の顔を見ていました。

長い時間考えているのを待っていたF医師は、やがてしぶしぶながらの承諾の返事を聞くと、憮然とした顔をして、「それでは明日十時までに着替えを持って来てください」と言い残して病室を出て行きました。

静まり返った病棟の中で、私と貴裕がいる病室だけが明るいけれど何もなくなり、広くて殺風景でした。そんなところに貴裕ひとりを残して帰るのは忍びがたく、看護師に「なるべくそばにいたいのですが、無理ですね？」と尋ねると、無言でこっくりと頭を下げたので、私は病室を出ました。廊下の時計を見ると十二時を回っていました。

待っていてくれた友人に送ってもらい帰宅しましたが、一睡もできずに朝を迎えました。

ボーッとした頭と冴えない顔で病院に着くと、看護師に案内され霊安室に入りました。寒々しい部屋で貴裕の着替えをしながら胸を見ると、鋭いメスの切れ跡があり、同じような跡は頭にもありました。

〝これが解剖なのか〟

貴裕に顔をくっつけると氷のように冷たく、しばらく立ちすくんでいましたが、数人の医師と看護師達が入室してきました。F医師達の前で柩に納められた貴裕は、地下の裏口から二度と来ることのない病院を後にしました。

少し遠回りではありましたが、貴裕を乗せた車は家の前を通って、N先生がいる小学校の前も通過して、斎場へと向かいました。

病院を出て一時間、斎場に着くと大きくて立派な祭壇が設けられ、中央には美しい花に囲まれた遺影が置いてあり、その前に小さな柩も置かれました。

翌日の通夜には、友人、知人、学校の先生や生徒の親御さん達が多数参列してくれて、遠くからは大阪の友人まで来てくれました。

皆が帰って静かになった斎場は昼間のように明るく、たくさんの生花に囲まれてにっこり笑っている遺影を見ていると、「僕、頑張ったよ」と言っているように見えたのがとても不思議な気がして、あんなに苦しい日々ばかりだったのに、こんなにも穏やかな笑顔の写真になぜかほっとして、しばらく眺めていました。

さらに翌日の葬儀にも大勢の人達が参列してくれました。柩の中いっぱいの美しい花々に囲まれた貴裕に、友人が〝僕は二年生〟というタイトルの絵本を持たせてくれ、花で埋めつくされた貴裕に最後のお別れをしてくれたのが印象的でした。

たくさんの人達から励まされ、元気づけられて無事に葬儀も終わり、小さな遺骨となって帰って来た貴裕をベッドの上に置くと、こんな姿になって帰って来るなど夢にも思わず、泣きくずれてしまいました。

母が、「住職が言っていたように、あまり悲しんでばかりいては仏様が成仏できないから、もう泣くのはやめなさい」と涙を拭いてくれ、父からも「寂しいけど、これからは毎日供養することが仕事だ」と言われました。両親も悲しさを抱えながら、それでも私を励ましてくれたのです。

日々無力感に襲われ、悲しみからなかなか抜け出せずにいましたが、三十五日の納骨がすむと、少しずつ落ち着いてきて、これで貴裕もゆっくりできるんだ、長い闘いも終わったのだ、と自分に言い聞かせながら心の緊張もほどけてきました。

その二日後に夢を見ました。

夢の中の貴裕は、元気に走り回り、満面の笑顔で手を振りながら私の胸にとび込んできました。思い切り抱きしめて、「やっと自由になれたね。ママも安心したよ」とほおずりすると、はっと目が醒めたのでした。

〝何だ、夢か。夢だったのか〟。こんな幸せな夢なら、いつでも見たいと思っていましたが、その後一度も見たことはありません。

法事の時に住職にこの話をすると、「それはいい夢を見ましたね。とてもいい夢で、その後一度も見ないということは、仏様が成仏している証拠です」と言われ、安心しました。

あれから四十年以上、長い年月が過ぎました。

今まで、三回忌から三十三回忌と年忌法要をするたびに、貴裕が眠っている霊園には、いつも春になるとたくさんの桜が咲きますが、最後まで私の手を離さずしっかり握って旅立っていった時に見ていた桜を思い出して、それ以来、私は桜が嫌いです。

著者プロフィール

高野 不二子（たかの ふじこ）

昭和23年生まれ。横浜市出身。血液型A型。
趣味：クラシック音楽鑑賞、読書。

届かなかった想い

2023年11月15日　初版第1刷発行

著　者　高野 不二子
発行者　瓜谷 綱延
発行所　株式会社文芸社
〒160-0022　東京都新宿区新宿1－10－1
電話　03-5369-3060（代表）
03-5369-2299（販売）

印刷所　図書印刷株式会社

ISBN978-4-286-24664-2